W9-ABD-437

Les vampires ne portent pas de robe à pois

Les vampires ne portent pas de robe à pois

Debbie Dadey et Marcia Thornton Jones

Illustrations de John Steven Gurney

Texte français de Christiane Duchesne

Scholastic Canada Ltd.
123, Newkirk Road, Richmond Hill (Ontario) Canada

À Steve et Eric pour votre support
et aux enfants de partout
pour votre inspiration.

M.T.J. et D.D.

Données de catalogage avant publication (Canada)

Jones, Marcia
  Les vampires ne portent pas de robe à pois

Publié aussi en anglais sous le titre :
  Vampires don't wear polka dots.

I. Dadey, Debbie. II. Duchesne, Christiane, 1949–   . III. Titre.

PZ23.J65V3 1990 j813'.54 C90-094694-6

Il est interdit de reproduire, d'enregistrer ou de diffuser en tout ou en partie le présent ouvrage, par quelque procédé que ce soit, électronique, mécanique, photographique, sonore, magnétique ou autre, sans avoir obtenu au préalable l'autorisation écrite de l'éditeur.

Copyright © Debbie Dadey et Marcia Thornton Jones, 1990. Copyright © Scholastic Canada Ltd., 1990, pour le texte français. Tous droits réservés.

ISBN 0-590-73545-4

Titre original : Vampires Don't Wear Polka Dots

4321   42   Imprimé aux États-Unis   01234/9

Un nouveau prof

— Pauvre mademoiselle Vicki, dit Mélodie. C'est vraiment dommage.

Deux autres filles de la classe de troisième année sont tout à fait d'accord avec elle.

— Elle a eu ce qu'elle méritait, dit Paulo.

Paulo, c'est le démon de la classe, un grand aux cheveux roux et bouclés.

— Si tu n'avais pas été aussi bête avec elle, si tu avais été plus gentil, elle ne serait pas devenue folle! dit Mélodie en se retournant vers Paulo.

— Ce n'est pas ma faute, s'exclame Paulo. Personne d'autre n'a été gentil avec elle.

C'était la pure vérité. Tous les élèves de la classe sont coupables. Ils ont tous parlé fort, lancé des boulettes de papier ou fait quelque bêtise pour faire sortir la pauvre demoiselle de ses gonds. Mademoiselle Vicki n'était pas vraiment devenue folle, non, mais le jour où elle a trouvé son tiroir rempli de crème à raser, elle a démissionné.

Elle cherchait simplement un crayon, lorsqu'elle a mis les deux mains dans la crème à raser parfumée à la menthe.

— Je n'en peux plus! avait crié mademoiselle Vicki.

Elle avait levé les mains, comme le font les chirurgiens, et jeté un long regard sur sa classe. Puis ses yeux s'étaient assombris.

— Je ne sais pas qui a fait ça, mais je tiens à vous dire que vous allez le payer cher. Un jour, vous vous ferez jouer un tour. Quelqu'un saura bien vous avoir!

Elle avait ri, avec une sorte de gloussement, avant de quitter la classe.

Les élèves de la classe de troisième année ne l'avaient jamais revue, mais on disait qu'elle habitait maintenant une petite ville, quelque part en Alaska.

Aujourd'hui, les élèves de troisième année de l'école Cartier attendent leur nouveau professeur. Personne ne l'a encore aperçu et tous s'inquiètent.

— Et si c'est un lutteur? dit Mélodie en tortillant une de ses tresses noires. Le professeur de mon cousin a déménagé et, à la place, ils ont un lutteur comme professeur.

— Mélodie! C'est impossible! dit Laurent en riant, plissant son nez couvert de taches de rousseur. Les lutteurs ne font pas la classe!

— Je suis sérieuse. Il pèse environ cent-cinquante kilos, et ses muscles sont gros comme des melons d'eau. Il menace de fourrer dans leur trousse à crayons tous ceux qui ne se tiennent pas tranquilles.

— Il l'a fait? demande Laurent.

— Non, il n'a pas eu besoin de le faire. Personne ne s'est plus jamais mal conduit, dit Mélodie.

Tout le monde est d'accord pour dire qu'il serait bien pire d'avoir un lutteur comme professeur que mademoiselle Vicki.

— Peut-être aurons-nous madame Viola Swamp? dit une petite nommée Lisa.

Tout le monde éclate de rire. Viola Swamp est l'héroïne d'un livre qu'ils viennent de lire en classe.

Lisa rougit d'un coup.

— Eh bien! Si nous l'avions comme professeur, vous seriez bien attrapés!

La classe se calme un court instant. Viola Swamp était le professeur le plus sévère, le plus strict qu'on puisse imaginer. S'ils avaient un tel professeur, ce serait un malheur.

— Ne vous inquiétez pas, dit Paulo. Je peux régler le sort de n'importe quel prof, même celui d'un lutteur!

Des pas dans le couloir. . . Les élèves se taisent aussitôt. Un silence lourd pèse lorsque les pas s'arrêtent devant la porte de la classe. Quelques élèves retiennent leur souffle; la poignée de la porte tourne lentement. . .

Madame Lefroy

Monsieur David, le directeur entre dans la classe, accompagné d'une très belle dame.

— Bonjour, chers élèves.

Monsieur David ressemble à un oeuf sur pattes. Il porte des lunettes à grosse monture noire et il est complètement chauve.

— Je vous présente votre nouveau professeur, madame Lefroy, dit-il.

Madame Lefroy sourit aux élèves et dit avec un étrange accent :

— Je suis très heureuse de faire votre connaissance. Je suis certaine que nous allons passer une très bonne année ensemble.

Au fond de la classe, quelques filles se mettent à rire de son accent. Monsieur David les regarde sévèrement.

— Vous n'aurez pas de problème, j'en suis sûr, madame Lefroy, dit monsieur David. Toutefois, si quelqu'un dérange la classe, je vous prie de m'en aviser.

— Merci, monsieur David, tout va bien aller.

Madame Lefroy esquisse un singulier demi-sourire.

La porte se referme en claquant sur monsieur David. Les vingt-deux élèves regardent madame Lefroy. Elle n'est pas très grande; elle a de longs cheveux roux retenus par une barrette mauve. Elle porte un chemisier blanc dont le col montant est fermé par une pierre verte, montée en broche, de la grosseur d'un oeuf de poule. À chaque mouvement de madame Lefroy, la pierre semble étinceler. Elle porte une jupe noire qui tombe sur ses bottes noires et pointues à lacets.

Pendant que les élèves l'observent, madame Lefroy parcourt la classe du regard. Certains mâchent de la gomme et presque tout le monde est affalé sur sa chaise. Un gros garçon se nettoie le nez, pendant qu'au fond de la classe une fille coiffe ses longs cheveux blonds. Des papiers traînent sur le plancher et des livres ouverts sont éparpillés ici et là.

Madame Lefroy s'éclaircit la voix avant de dire :

— Je suis heureuse d'être votre professeur et je crois que nous devrions commencer par établir quelques règles. Il y a certains principes que vous devrez respecter.

Plusieurs élèves se mettent à rouspéter.

— Ne vous en faites pas, ce n'est rien de bien terrible. Ce sont probablement les mêmes règles que vous avez l'habitude de suivre.

Et elle se retourne vers le tableau pour y écrire les trois règles suivantes :

1. Comportez-vous poliment envers votre professeur et les autres élèves.
2. Sachez savoir quand parler.
3. Marchez.

Paulo lève la main.

— Et si on ne respecte pas vos règles? Qu'est-ce qui va se passer? demande-t-il.

Madame Lefroy sourit et cligne des yeux.

— Je souhaite que vous n'ayiez jamais à le découvrir.

Une fois les règles établies, madame Lefroy se met au travail. Chacun se rappelle l'avertissement de monsieur David, et la matinée se passe bien. Madame Lefroy a l'air d'un professeur plutôt amusant. Pendant la période de sciences humaines, elle prend même le temps de parler de son pays natal.

— Je viens de Roumanie, dit-elle d'une voix très douce.

Elle prend le globe terrestre et le fait tourner pour indiquer à ses élèves où se trouve la Roumanie.

— Lefroy, ça ne fait pas très roumain! laisse échapper Paulo.

Madame Lefroy le fixe du regard.

— Mon vrai nom est trop difficile à prononcer. Je l'ai fait changer lorsque je suis arrivée en Amérique, explique-t-elle.

Tous les élèves se penchent en avant pour mieux l'entendre. Même Paulo, qui essaie toujours de faire comme si rien ne l'intéressait, s'appuie sur ses coudes et écoute attentivement.

— La Roumanie est un petit pays bordé par la Russie et par la mer Noire. J'ai grandi sur le domaine de mes parents, au pied des Alpes de Transylvanie. La vie y était merveilleuse jusqu'à ce. . .

— Jusqu'à quoi? fait Lisa.

Un éclair passe dans les yeux verts de madame Lefroy.

— Jusqu'à ce que ma famille soit obligée de quitter le pays.

— Pourquoi? demande Mélodie.

Madame Lefroy caresse la pierre verte.

— Oh! Cela n'a plus d'importance, dit-elle avec son singulier demi-sourire. Et elle laisse ses élèves aller en récréation.

La maison hantée

Un petit groupe d'élèves de troisième année se retrouvent sous le chêne géant, dans la cour de l'école. Les branches du chêne les recouvrent comme une tente. Le vent murmure à travers le feuillage doré.

— Je la trouve bizarre, dit Mélodie. Avez-vous remarqué l'étrange façon dont elle sourit?

— Elle sourit parce qu'elle est gentille. Et j'adore son accent, affirme Lisa.

— Moi, il me fait peur, son accent. Et son histoire de Roumanie? demande Laurent.

Karine hoche la tête.

— Pourquoi pensez-vous qu'ils soient partis? Est-ce que ce sont des criminels?

Mélodie ouvre grand les yeux.

— Peut-être que ce sont des voleurs de bijoux, dit-elle. C'est sans doute pour ça qu'elle a cette énorme broche. Avez-vous remarqué qu'elle frotte toujours sa pierre?

Paulo tire la tresse de Mélodie.

— Ouais. . . Peut-être même que c'est une meurtrière. Peut-être qu'elle a assassiné tous les élèves de son ancienne classe.

— Sois sérieux, voyons! Il faut qu'on décide comment nous allons agir envers madame Lefroy, dit Laurent en donnant un coup de coude à Paulo.

Paulo ouvre de grands yeux.

— Sérieux toi-même! dit-il. Madame Lefroy est un professeur tout à fait ordinaire avec une drôle de voix, c'est tout. En fait, je pense qu'elle est plutôt naïve.

— Qu'est-ce que tu veux dire? demande Mélodie. Qu'est-ce qui te fait dire qu'elle est naïve?

Paulo s'appuie contre l'écorce rugueuse du gros chêne et regarde chacun de ses amis droit dans les yeux.

— Avez-vous remarqué qu'elle n'a pas élevé le ton une seule fois ce matin? Et puis ses règlements stupides au tableau! Un méchant prof ne penserait pas à des trucs pareils! Elle n'a même pas parlé des bagarres, de cris ou de crachats. N'importe quel prof qui se respecte nous aurait remis à notre place, et vite. Mais elle s'est contentée de faire son petit sourire idiot!

— Alors, qu'est-ce que tu veux dire? demande Mélodie.

— C'est clair et net, déclare Paulo. Nous allons nous en débarrasser comme nous nous sommes débarrassés de Vicki.

Tous les regards s'arrêtent sur Paulo. Lentement, Laurent secoue la tête.

— Je ne sais pas, Paulo, dit-il. Cette fois, tu te trompes peut-être. Madame Lefroy pourrait bien nous étonner.

En rentrant chez eux plus tard, Paulo, Mélodie et quelques autres descendent le boulevard.

— Beurk! Quelqu'un emménage dans la maison Mercier. Je n'habiterais pas là, même pour trois millions! murmure Mélodie.

— C'est tout décrépit! Je parie que c'est une maison hantée par des fantômes et des vampires, dit Paulo en faisant semblant de mordre les autres au cou.

— Je ne peux pas croire que quelqu'un puisse habiter là, dit Mélodie. Il faudrait être fou pour le faire.

La petite bande sursaute en entendant une voix derrière eux.

— Bon après-midi, les enfants! Je vois que vous vous intéressez à ma nouvelle maison.

Les enfants se retournent; madame Lefroy les regarde avec un grand sourire.

— Vous voulez dire que vous allez habiter là? demande Laurent.

— Oui! N'est-ce pas joli? Voulez-vous visiter? demande madame Lefroy.

— Noooon, merci, répond vivement Mélodie. Je dois rentrer à la maison pour faire mes devoirs.

— Ne sois pas ridicule, je ne vous ai pas donné de devoirs aujourd'hui.

Madame Lefroy attrape Paulo et Mélodie par le bras et les entraîne vers la lourde porte d'entrée. Les autres entendent tout à coup leurs mères qui les appellent et ils détalent comme des lapins.

— C'est si agréable d'avoir de la visite. Je m'ennuie parfois, dit madame Lefroy en laissant passer deux déménageurs.

— Vous habitez toute seule? demande Mélodie.

Madame Lefroy sourit en regardant passer une longue boîte de bois que les hommes descendent dans la cave.

— Eh bien, pas tout à fait. Mais j'ai une vie très calme la plupart du temps, dit-elle.

Elle pousse les deux enfants dans le hall d'entrée de la grosse maison. Un énorme chandelier couvert de toiles d'araignées pend du

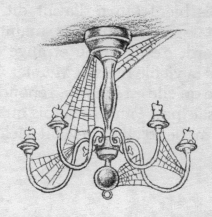

plafond. Un majestueux escalier de bois dessine une courbe jusqu'au tapis rouge sang qui recouvre le plancher. Il y a des toiles d'araignées sur les murs et l'air sent la poussière.

— N'est-ce pas charmant? demande madame Lefroy. Je sais, il y a beaucoup de travail à faire, mais c'est plein de possibilités.

— Euh! Oui, c'est très joli, ment Mélodie.

— Voulez-vous visiter les autres pièces?

— Ce sera pour une autre fois, répond vivement Paulo. Vous avez beaucoup de ménage à faire. À demain, madame Lefroy.

Paulo attrape Mélodie par la main et l'entraîne à l'extérieur. Quand ils sont en sécurité de l'autre côté de la rue, Mélodie regarde Paulo.

— Tu vois bien! On te l'avait dit. Madame Lefroy est bizarre. Tu nous crois, maintenant?

— D'accord, c'est un peu étrange de vouloir habiter dans la vieille maison Mercier, mais ça ne veut pas dire qu'elle est bizarre, répond Paulo.

— Je ne sais pas, Paulo. Je crois qu'il vaudrait mieux nous méfier d'elle, prévient Mélodie.

Des doutes. . .

Madame Lefroy est en retard ce matin. Bien droits sur leur chaise, ses élèves attendent anxieusement son pas dans le corridor.

— Elle a peut-être démissionné, suggère Lisa.

— Et pourquoi donc? demande Paulo en ricanant. Elle a passé une seule journée avec nous. Elle n'a pas encore eu droit au traitement complet!

— Je ne pense pas qu'elle ait démissionné, murmure Laurent. On l'a vu emménager hier dans la maison Mercier.

— La maison Mercier!!! laissent échapper plusieurs élèves.

— L'endroit est abandonné depuis toujours, dit Karine. Et j'ai entendu dire que la maison est hantée!

— Peut-être qu'elle a été dévorée par un fantôme, dit Lisa. Ou mordue par un vampire!

— C'est ça, fait Mélodie dans un souffle. Hier,

j'ai vu les déménageurs transporter une caisse dans la cave.

— Et puis? demandent les autres.

— Et puis, c'était une caisse étroite et longue, comme un cercueil!

— Elle a bien dit qu'elle venait de Transylvanie, dit Laurent. C'est bien le pays de Dracula?

Un lugubre silence envahit la classe lorsque la poignée de la porte tourne lentement. Tout le monde se met à l'attention au moment où madame Lefroy entre dans la classe.

— Bonjour, dit-elle avec son étrange accent. Excusez-moi d'être en retard. Mais je n'ai presque pas dormi de la nuit.

Mélodie ouvre démesurément les yeux et Laurent ouvre grand la bouche.

— Les vampires ne dorment pas la nuit, souffle Mélodie à Lisa.

— Oui, mais les vampires ne portent pas non plus de robe à pois, rétorque Lisa dans un murmure.

Tous les regards se tournent vers madame Lefroy. C'est vrai. Elle n'a rien d'un vampire aujourd'hui. Elle porte une robe d'un rose éclatant piquée de pois verts, et un ruban vert dans ses cheveux roux. Même ses ongles sont peints en vert. Et à son cou, la pierre verte.

— Nous ferions bien de nous mettre au travail. D'abord, les mathématiques, dit-elle.

Les élèves ouvrent leur livre en silence. On entendrait voler une mouche pendant que madame Lefroy explique les problèmes et donne quelques exemples au tableau. Paulo regarde ses amis. Ils sont trop calmes.

Paulo secoue sa feuille d'exercices. Le froissement du papier rompt le silence. Certains élèves retiennent leur souffle en se retournant vers Paulo. Madame Lefroy ne bronche pas.

Tap-tap-tap. Paulo frappe son pupitre à coups de crayon. Il regarde ses amis et s'aperçoit que certains remuent les lèvres, comme s'ils priaient. Madame Lefroy se contente d'écrire un autre problème au tableau.

Paulo se met à faire le poisson rouge avec sa bouche. Ceux qui sont assis près de lui se recroquevillent sur leur chaise, mais madame Lefroy ne semble s'apercevoir de rien. Paulo fixe l'aiguille des secondes pendant trois tours complets. Encore une fois, madame Lefroy l'ignore. Il commence à avoir la bouche sèche et les mâchoires endolories, comme s'il venait de mâcher une énorme boule de gomme pendant des heures. C'en est trop. Paulo n'a pas l'habitude qu'on l'ignore, surtout pas un professeur.

Paulo cesse de faire le poisson rouge et surveille madame Lefroy qui explique comment résoudre les problèmes du devoir de ce soir. Il ne la quitte pas de l'oeil pendant qu'elle les écrit soigneusement au tableau, un problème après l'autre. Tout à coup, il a une idée. Il prend son livre de mathématiques, le lève dans les airs et le laisse retomber.

Baboum! Tous les autres sursautent, sauf madame Lefroy.

Très lentement, elle fait glisser ses ongles de haut en bas du tableau. Des frissons glacés parcourent le dos de Paulo. Le grincement des ongles sur le tableau fait oublier à tout le monde le livre tombé par terre.

Madame Lefroy se retourne et fixe Paulo du regard. Et très calmement, comme dans un murmure, elle dit avec son étrange accent :

— Je crois que ça suffit.

Danse du ventre

Paulo n'en revient pas : la classe a un comportement exemplaire. Cela l'agace au plus haut point. Personne n'a lancé de boulettes de papier, personne n'a craché par terre depuis des jours. On dirait que madame Lefroy a transformé tous les élèves de la classe en enfants modèles. Tous, sauf Paulo. Il déteste être sage. Cela le rend malade. Il n'a qu'une seule envie : déranger la classe.

Il se penche vers Laurent et lui donne un coup dans les côtes.

— On change les crayons de tout le monde sans qu'ils s'en aperçoivent? demande-t-il.

— Tais-toi, souffle Laurent. Madame Lefroy pourrait nous entendre.

— Alors qu'est-ce que tu dirais de. . ., commence Paulo.

— Chut! dit Laurent en secouant la tête.

Paulo se retourne avec une expression de dédain. Il avait tant de plaisir avec Laurent.

Maintenant Laurent est comme les autres, sous le charme de madame Lefroy.

Paulo s'étire pour attraper la tresse de Mélodie.

— Aïe! Arrête! dit-elle entre ses dents.

— Essaie donc de m'avoir, dit Paulo en tirant sa tresse une fois de plus.

— Si tu n'arrêtes pas, je le dis à madame Lefroy, prévient Mélodie.

— Je m'en moque totalement! dit Paulo qui arrête aussitôt de tirer la tresse. Il essaie de travailler à son devoir de sciences, mais le coeur n'y est pas.

Il marche vers l'avant de la classe en remuant les hanches, ce qui fait rire les filles. Il pousse son crayon, déjà aiguisé, dans l'aiguisoir. Il tourne la manivelle de l'aiguisoir sans cesser de rouler des hanches. D'autres se mettent à rire, mais pas assez pour satisfaire Paulo.

Il laisse échapper son crayon et rampe jusqu'en avant des premiers pupitres pour le rattraper. Il bute contre les chaises en étendant les mains, comme un aveugle. Tout le monde le regarde, et plusieurs rient franchement. Paulo est au septième ciel. Mais tout à coup, il sent une main sur son épaule.

Les doigts aux longs ongles verts lui serrent l'épaule et le soulèvent de terre. Paulo se retrouve au niveau des yeux de madame Lefroy. Un éclair vert traverse son regard, et elle dit doucement :

— Je crois que ça suffit!

Le défi

Paulo reste tranquille jusqu'à la fin de la journée, mais il surveille madame Lefroy du coin de l'oeil. Ce n'est pas un professeur comme les autres, ça c'est certain. Personne ne peut oublier l'étrange regard qu'elle a lancé à Paulo.

Enfin la cloche sonne, et madame Lefroy fait son mystérieux petit sourire.

— Vous pouvez partir, dit-elle.

— Et nos devoirs, madame Lefroy? demande Lisa en agitant la main. Vous ne nous donnez pas de devoirs?

Personne ne réplique. Madame Lefroy regarde ses élèves, assis bien droits, attendant sa réponse.

— Je crois que nous avons assez travaillé aujourd'hui. Je ne pense pas que vous ayez besoin de devoirs. Vous pouvez partir.

Plusieurs élèves se lèvent avec un soupir de soulagement. Mais personne n'ose ouvrir la bouche avant d'être sorti de l'école.

Une fois dehors, ils se retrouvent sous le grand

chêne. Déjà, les feuilles ont commencé à tomber et elles crissent sous les pas des enfants.

— Cette dame est décidément bizarre, dit Mélodie. Je n'aime pas la façon dont elle regarde Paulo. Elle va nous causer des problèmes.

— Je pense qu'on vient de rencontrer un adversaire de taille, ajoute Laurent.

— Mais qu'est-ce qui vous prend? dit Paulo. Vous agissez comme une bande de peureux!

— Alors pourquoi tu avais peur d'elle, toi, aujourd'hui? lance Laurent.

— Peur? Je n'ai jamais eu peur! Pas un seul prof ne peut me faire peur! crie Paulo.

— Si tu n'avais pas peur, pourquoi as-tu abandonné? demande Mélodie.

— Ouais! Et pourquoi tu es devenu blanc comme un linge quand elle t'a pris par l'épaule, près de l'aiguisoir? Explique-nous ça! dit Laurent.

— Je n'avais pas peur! fait Paulo. Je ne me sentais pas bien, c'est tout. Je pense que je couve une grippe.

Mélodie s'assoit en riant sur le gazon.

— Paulo, tu avais peur. C'est clair et net.

Paulo n'est plus blanc comme un linge. Au contraire, il devient rouge comme une tomate.

— Je n'ai pas peur de madame Lefroy et je vais vous le prouver.

Ses amis s'arrêtent de rire et le fixent longuement.

— Tu es sûr de ce que tu dis, Paulo? demande doucement Lisa. Si tu décides de changer d'idée, on va tous comprendre.

— Moi, je ne suis pas un peureux et je vais vous le prouver. Dites-moi simplement quoi faire!

C'est Laurent qui parle le premier, lentement, en choisissant bien ses mots.

— Écoute-moi bien, Paulo. Si tu réussis à trouver ce que contient la longue boîte de bois dans la cave de madame Lefroy, on saura que tu parles sérieusement.

Tous les yeux se tournent vers Laurent.

— Es-tu fou, Laurent? crie Lisa. Il faut qu'il descende dans sa cave pour découvrir ce que contient cette boîte!

— Parfaitement, dit Laurent. Mais je crois que Paulo est trop peureux pour le faire.

— Pas du tout, réplique Paulo. Je vais trouver ce qu'il y a dans cette boîte.

Mélodie regarde Paulo d'un air pensif.

— Et après, comment saurons-nous si ce qu'il dit est vrai?

— Qu'est-ce qui t'arrive? Tu ne me fais pas confiance? demande Paulo.

— Non, évidemment, répond Mélodie. Personne ne te fait confiance.

— Si tu penses ça, viens avec moi! Tu verras bien si je mens! À moins que tu n'aies trop peur?

Mélodie fixe Paulo.

— Tout ce que tu peux faire, je peux le faire, moi aussi. On y va ce soir, dit-elle.

Puis elle se retourne et part en direction de chez elle.

La cave

Il fait nuit. Paulo sort en douce de chez lui et s'en va à la rencontre de Mélodie devant la maison Mercier.

— Où étais-tu? murmure Mélodie. Je t'attends depuis dix minutes!

— J'attendais que mes parents montent dans leur chambre. As-tu la lampe de poche?

Mélodie tapote la poche de sa veste.

— Je l'ai. Allons-y.

Paulo prend le temps de remonter son col en contemplant la vieille maison. La plupart des persiennes sont disparues, et la maison est plongée dans l'obscurité. La lumière d'un lampadaire dessine des ombres sur la maison. Paulo est sûr d'avoir vu des chauves-souris voler autour du lampadaire. Il prend une grande respiration.

— Quand tu veux! Je suis prêt!

Ils s'approchent tous les deux de la porte du sous-sol. Un des carreaux de la porte est fendu, l'autre est complètement cassé. Paulo passe la main par le carreau brisé pour ouvrir la porte. Les enfants restent figés sur place lorsque la porte s'ouvre en grinçant. Rien ne bouge dans la maison.

C'est d'une main tremblante que Mélodie sort la lampe de sa poche.

— Dépêchons-nous d'en finir, cet endroit me donne la chair de poule, murmure-t-elle.

— D'accord, dit Paulo. Vas-y la première, c'est toi qui as la lampe de poche.

— Tiens, tu peux la prendre, dit Mélodie en plaquant la lampe de poche contre la poitrine de Paulo.

— Merci! C'est ça, les vrais amis!

Paulo éclaire l'obscur passage qui mène à la cave. Dans l'escalier, des toiles d'araignées leur frôlent le visage.

— Beurk! Ça sent la vieille chaussette mouillée! se lamente Mélodie.

— C'est peut-être l'odeur d'un cadavre, ricane Paulo.

— Sois sérieux, murmure Mélodie entre ses dents.

— Je suis très sérieux, répond Paulo.

Paulo éclaire la cave poussiéreuse. Le plancher

est couvert de chaises brisées et de boîtes de carton. Dans un coin, se trouve la longue boîte de bois.

— La voilà! souffle Paulo.

— Tu penses vraiment que c'est un cercueil? demande Mélodie.

— Peut-être. Tu veux toujours continuer?

— Et toi, tu ne changes pas d'avis? dit Mélodie.

— Non! Mais si tu veux qu'on parte, je vais comprendre.

— Je ne suis pas peureuse, Paulo! dit-elle.

— Moi non plus!

Paulo se fraie un chemin à travers le fourbi jusqu'à la boîte de bois. Mélodie le suit en silence. Ils restent là tous les deux à regarder la boîte. Le bois est lisse et verni. Et la boîte est assez longue pour contenir le corps d'un homme.

— Tu l'ouvres ou tu veux que je le fasse moi-même? demande Paulo.

— On devrait l'ouvrir ensemble, répond Mélodie.

Ils prennent le couvercle et tirent.

— Oh! Ça ne veut pas bouger, ce machin-là! dit Mélodie.

— C'est peut-être fermé à clé.

Paulo examine le couvercle et cherche le loquet.

— Je ne vois même pas de serrure.

Mélodie tâte le dessus de la boîte sans rien trouver non plus.

— Moi non plus. Tu ne penses pas que ce soit fermé de l'intérieur?

— Ne sois pas stupide. Comment tu veux que ce soit fermé de l'intérieur! Ça ne servirait à rien, à moins que. . .

— À moins qu'il y ait quelqu'un à l'intérieur, dit Mélodie à sa place.

Mélodie regarde Paulo et Paulo regarde Mélodie. Puis ils tournent leurs yeux vers la boîte. Ils n'osent ouvrir la bouche. Et dans ce lugubre silence, ils entendent un bruit.

— Qu'est-ce que c'est ça? demande Mélodie en saisissant le bras de Paulo.

— Chut! Je ne sais pas, mais je n'aime pas ça!

— Ça venait d'où?

— Je pense que ça vient de l'intérieur de la boîte, souffle Paulo.

— Sortons d'ici, Paulo, avant de se faire mordre par un vampire.

Mélodie saisit la main de Paulo et l'entraîne vers la porte. Ils contournent des meubles cassés, enjambent des boîtes et montent l'escalier en courant. Ils ne prennent même pas le temps de refermer la porte derrière eux et s'élancent dans la nuit froide. Une fois de l'autre côté de la rue, ils s'arrêtent pour reprendre leur souffle.

— Regarde!

Paulo montre du doigt la maison Mercier. Une lumière brille à l'une des fenêtres du haut. Paulo et Mélodie plongent dans un buisson et surveillent la maison, où des lumières s'allument et s'éteignent l'une après l'autre. Tel un fantôme, une femme ouvre la porte d'entrée et jette un coup d'oeil à l'extérieur. Est-ce leur imagination? Les enfants croient voir un reflet vert briller dans la nuit. . .

Un doute de plus

— Alors qu'est-ce qu'il y avait dans la boîte? demande Lisa.

— Un cadavre? dit Laurent qui a hâte de savoir.

— Un vampire? demande Karine.

Les élèves sont blottis sous l'énorme chêne. Il est tôt, l'école ne commence que dans quinze minutes. Le vent leur pique les joues, et une fine couche de givre recouvre le sol.

Paulo et Mélodie se regardent nerveusement. Ils n'avaient pas décidé ce qu'ils allaient dire à leurs amis à propos de la veille.

— Je parie qu'ils ont abandonné, s'exclame Laurent. Ils ne peuvent même pas dire ce qu'ils ont découvert dans la boîte.

— Je parie qu'ils n'y sont même pas allés hier soir, dit Karine.

— Nous y sommes allés! coupe Mélodie. Nous avons tous les deux filé en douce et nous sommes allés dans sa cave.

— Nous ne sommes pas peu...

— Et qu'est-ce que vous avez ... Laurent.

— Eh bien. . . c'est vraiment un ca... là-dedans! commence Paulo. Il nous a ... un petit moment avant de trouver la boîte. Mais quand nous avons commencé à l'ouvrir, il y a eu un bruit à l'intérieur.

— À l'intérieur? s'exclame Laurent. L'avez-vous ouverte?

— Non, avoue Mélodie. Mais nous avons essayé. Je crois qu'elle était fermée de l'intérieur. Et quand nous avons entendu le bruit, nous avons pensé qu'il valait mieux sortir de là!

— Voilà! Madame Lefroy est sûrement un vampire. Je parie que c'est là qu'elle dort la nuit, dit Karine.

— Je n'en suis pas si sûr, dit Paulo. Nous étions cachés dans un buisson quand nous avons vu de la lumière à l'étage. Si c'est elle, le vampire, qui a allumé en haut?

— De plus, les vampires, ça ne dort pas la nuit, a ajouté Laurent.

Les enfants réfléchissent pendant quelques minutes.

— Peut-être que son mari est un vampire, et qu'elle s'occupe de lui, suggère Lisa. Peut-être qu'il ne se lève pas avant minuit!

— Moi, je mettrais ma main au feu que son mari, c'est Dracula, et qu'il l'a ensorcelée, dit Mélodie en criant presque, tellement elle est excitée.

— Bonjour, les enfants! Qu'est-ce qui vous excite à ce point?

Madame Lefroy est arrivée derrière eux sans qu'ils ne s'en rendent compte. Elle porte aujourd'hui une robe noire avec un col montant et un bracelet en forme de chauve-souris. Elle a toujours son étrange broche.

Mélodie rougit d'un coup.

— Oh, rien! madame Lefroy. On parlait d'une émission de télé qu'on a regardée hier soir.

— Moi, je ne regarde jamais la télévision. J'ai bien trop de choses à faire dans la soirée, dit madame Lefroy. Bon, c'est l'heure d'entrer en classe.

Madame Lefroy se dirige vers l'école. Lisa marche à ses côtés.

— Je n'ai jamais vu de bracelet comme le vôtre, lui dit Lisa. D'où vient-il?

— C'est mon mari qui me l'a offert.

— Où est-il? dit Lisa.

— En fait, je ne suis plus vraiment mariée.

— Comment ça? insiste Lisa. Êtes-vous divorcée? Mes parents à moi sont divorcés.

— Pas divorcée, non. Mon mari est mort, répond madame Lefroy.

— Je regrette, dit Lisa d'une voix triste.

— Ce n'est pas grave. Parfois, j'ai l'impression qu'il est toujours avec moi, dit madame Lefroy, retrouvant sa bonne humeur.

Tout le monde regarde madame Lefroy. Il semble bien que leurs doutes se confirment!

Le patron

Les élèves entrent dans la classe et prennent leur place en silence. Bien droits sur leur chaise, ils attendent que madame Lefroy commence la leçon. Elle se tient toute droite elle aussi et regarde chacun de ses élèves.

— Quand j'étais petite, en Roumanie, on nous enseignait le respect des autres. C'était déjà une récompense, pour nous, de faire plaisir à nos aînés. On nous disait une seule fois de garder les planchers propres et d'avoir bonne apparence, et c'était suffisant.

Madame Lefroy s'arrête un instant et elle regarde le plancher. Il y a des papiers autour de chaque pupitre. Elle s'éclaircit la voix de nouveau et elle attend.

Quelques élèves échangent un regard mal à l'aise, alors que d'autres replacent leur t-shirt et avalent leur gomme à mâcher. Puis, très lentement, chacun se penche pour ramasser les vieux papiers, les crayons et les gommes à effacer qui traînent par terre. Sans qu'on ne le lui demande, Laurent va chercher la corbeille à papier à l'avant de la classe. Il passe entre les rangées de pupitres, les yeux rivés au sol, et chacun lui remet sa cueillette.

— Merci, et à toi tout particulièrement, Laurent, dit madame Lefroy. Je suis certaine que je n'aurai plus besoin de vous rappeler cela.

Un éclair vert traverse son regard et sa broche semble briller de façon moins éclatante.

— Vous me pardonnerez d'être un peu grognon aujourd'hui, ajoute-t-elle. Des rôdeurs se sont introduits chez moi hier soir, et cela a troublé mon sommeil.

Elle parcourt la classe du regard, s'attardant une fraction de seconde sur Mélodie et sur Paulo. Puis, elle fait un clin d'oeil et sourit.

— De toute façon, ils n'ont rien pris, et je suis prête à oublier cet incident. Je crois que cela ne se reproduira plus. Veuillez maintenant ouvrir votre livre de français; nous allons commencer la leçon.

Les mains de Mélodie tremblent; elle tourne les yeux vers Paulo. Celui-ci a les yeux rivés sur son livre de français. C'est dans un silence parfait que madame Lefroy explique l'accord des verbes avec leur sujet.

Le reste de la matinée passe très rapidement. À l'heure du dîner, les élèves de troisième année ont terminé tous leurs travaux. Dans la cafétéria, ils s'assoient calmement pour manger.

— Qu'est-ce que vous avez? demande Olivier de la table voisine.

Olivier est en quatrième année, dans la classe de monsieur Lavigne. Tout le monde connaît Olivier : il parle fort et raconte toujours des blagues bêtes.

— Vous êtes tous bien tranquilles aujourd'hui! continue Olivier.

— Chut! Madame Lefroy pourrait t'entendre! murmure Laurent.

— Et puis? On a bien le droit de parler à la cafétéria! Vous avez peur de votre prof? dit Olivier en riant et en donnant un coup dans les côtes de Paulo.

Paulo avale sa dernière bouchée de sandwich avec une gorgée de lait.

— Suffit, Olivier!

— Qu'est-ce qui vous arrive? dit Olivier. Vous êtes en train de devenir une classe de toutous bien sages?

— Jamais! dit Paulo entre ses dents.

— Parle toujours, espèce de poule mouillée! ajoute Olivier pendant que les deux classes rangent leurs plateaux.

Paulo tend le pied pour faire trébucher Olivier et il sourit de plaisir quand le plateau d'Olivier s'écrase par terre.

— Ça t'apprendra à me traîter de poule mouillée, lance-t-il.

Il se hâte d'aller se mettre en rang avec les autres avant qu'Olivier ne réagisse.

De retour dans la classe, Paulo réfléchit. Il a vraiment perdu le contrôle de la situation. Il n'a pas l'habitude d'obéir à un professeur. Il faut en finir une fois pour toutes. Il est bien décidé à montrer à madame Lefroy lequel des deux est le vrai patron!

Figé sur place

Paulo passe à l'action. Il renverse tout ce qui se trouve à portée de sa main, éparpillant des papiers partout. Mais ce n'est pas assez pour lui. Il prend une énorme boule de gomme et commence à faire éclater des bulles très bruyamment. Mélodie le regarde, n'en croyant pas ses yeux.

— Tu es fou? demande-t-elle.

— Je sais exactement ce que je fais, répond Paulo en soufflant une autre grosse bulle.

— Tant pis pour toi! dit-elle en haussant les épaules.

Madame Lefroy ignore totalement Paulo. Elle est trop occupée à corriger les travaux de ses élèves.

Paulo décide d'attirer franchement son attention. Il se laisse glisser sur sa chaise et enlève ses souliers. Puis il pose les pieds sur la chaise qui est juste devant lui. Une fois bien à l'aise, il se met à étirer sa gomme à bout de bras. Quand le fil de gomme casse, il l'enroule autour de son doigt.

Madame Lefroy ne le regarde toujours pas.

Cela tourne au ridicule. Elle ferait mieux de le remarquer, car il commence à être à court d'idées. Il lui vient alors une illumination. Prenant trois grandes goulées d'air, il baisse la tête et lâche un rot majestueux.

Laurent se met à rire, mais s'arrête vite au moment où madame Lefroy s'éclaircit la voix. Paulo obtient enfin un résultat! Il remet la gomme dans sa bouche, et avec une précision étonnante, parvient à souffler une bulle et à roter en même temps.

Quelques élèves gloussent autour de Paulo. Il se sent bien maintenant, prêt pour la grande finale. Balayant la classe du regard pour s'assurer que tous les autres l'observent, il souffle la plus grosse bulle de toute sa vie. Juste au moment où il s'apprête à la ravaler, il aperçoit madame Lefroy à travers la mince paroi rose de sa gomme.

L'éclair vert passe dans ses yeux et elle caresse la pierre verte. Elle lève la main et tend le doigt en direction de Paulo. Aussitôt, la bulle éclate! Des lambeaux roses et collants recouvrent la figure de Paulo, et même ses cheveux.

Madame Lefroy fait son drôle de petit sourire et reprend son travail. Certains élèves en restent bouche bée. Madame Lefroy a fait éclater la bulle de Paulo sans même avoir quitté son pupitre!

Pendant que Paulo essaie de décoller la gomme qu'il a dans les sourcils, il entend rire Laurent et Mélodie.

— Qu'est-ce qu'il y a de si drôle? souffle-t-il en arrachant un peu de gomme de son oreille.

Laurent continue son devoir, mais Mélodie ne peut plus s'arrêter de rire.

— Elle t'a bien eu, cette fois-ci! murmure Mélodie entre deux éclats de rire.

— De quoi tu parles? C'était une pure coïncidence, réplique Paulo.

Mélodie secoue la tête, elle n'en croit pas un mot; puis elle se remet au travail. Paulo achève de se nettoyer le nez et le menton. Il a décidé de régler le problème des cheveux collés à coups de ciseaux, quand il sera à la maison. Il tambourine sur son pupitre en réfléchissant à ce qui vient d'arriver. Son plan n'a pas tout à fait fonctionné comme prévu. Au lieu de fâcher madame Lefroy, il s'est lui-même mis dans une situation ridicule devant les autres élèves. Il faut maintenant employer les grands moyens.

Paulo cherche encore un mauvais tour à jouer, lorsque madame Lefroy s'apprête à parler.

— Vous avez très bien travaillé, cet après-midi. J'ai décidé de terminer la journée par un tournoi de calcul.

Toute la classe applaudit. Les tournois de calcul permettent de réviser de façon amusante les tables de multiplication. Deux équipes se forment. Madame Lefroy se place devant les deux rangées et montre un carton. Certains sautillent sur place en essayant de trouver la réponse pendant que les autres comptent sur leurs doigts.

Ils ont déjà complété deux tours quand Paulo a une idée de génie. C'est le moment rêvé pour déranger la classe. Et même si ce n'est pas à son tour de répondre, il fait exprès de crier la mauvaise réponse. Madame Lefroy le regarde, sans baisser son carton. Au tour suivant, Paulo lâche un rot. Ses coéquipiers s'arrêtent et lui lancent un regard furieux.

C'est au tour de Lisa et de Karine de répondre. Karine serre les mains comme pour faire une prière. Lisa est si énervée qu'elle saute d'un pied sur l'autre et agite les mains, comme si elles étaient mouillées. Paulo donne un coup à Laurent et montre Lisa du doigt.

— Regardez-la donc! dit-il en riant. On dirait qu'elle essaie de s'envoler. Regardez!

Paulo se met à sauter et à battre l'air des bras. Il fonce dans le groupe d'élèves et renverse une chaise. Il ne remarque pas madame Lefroy.

Celle-ci caresse sa broche jusqu'à ce qu'elle brille d'un vert éclatant.

— Ça suffit! dit-elle sévèrement.

Paulo fait comme s'il n'avait rien entendu. Mais il a remarqué le reflet de la pierre verte. Il arrête de sauter pour mieux regarder. Plus madame Lefroy frotte la pierre, plus elle semble étinceler. Il ne peut pas la quitter des yeux.

— Nous pouvons continuer maintenant, dit madame Lefroy à ses élèves. Nous ne serons plus interrompus.

Avec le plus grand sérieux, les enfants se tournent vers madame Lefroy. Mais en fait, le jeu n'a plus rien d'amusant, car ils sont toujours obligés de contourner Paulo.

Paulo les yeux rivés sur la pierre verte, est complètement immobile, jusqu'à la fin du tournoi.

La cloche sonne enfin! Pendant que les élèves se mettent en rang, madame Lefroy marche vers

Paulo. Elle place sa main gauche sur sa broche et claque des doigts sous le nez de Paulo.

— Hein! dit-il très fort, on ne joue plus?

Un prof pas comme les autres

La classe de troisième année se retrouve à l'endroit habituel, sous le grand chêne.

— Avez-vous vu ce qu'elle a fait à Paulo? hurle Mélodie.

— Incroyable! dit Lisa. Est-ce que ça va, Paulo?

— Qu'est-ce que vous racontez? Elle ne m'a rien fait! Elle m'a laissé faire toutes mes folies sans dire un mot.

— Paulo, elle t'a hypnotisé et tu ne t'en es même pas rendu compte! ajoute Laurent.

— Vous êtes encore plus fous que je pensais! Madame Lefroy est une lavette et je vais vous le prouver. Demain, je lui prépare une journée qu'elle n'oubliera pas de sitôt.

— Paulo, tu dérailles? demande Laurent. Madame Lefroy est une sorcière ou un vampire ou quelque chose du genre. Imagine ce qu'elle peut te faire si elle se fâche une fois pour toutes!

— Parlons d'être fâchée! Attends demain. Elle va sortir de la classe avant qu'on ait eu le temps de dire «Transylvanie»! ajoute Paulo en s'éloignant à grands pas.

— Tu sais, Laurent, dit Mélodie, je pense qu'il faudrait faire quelque chose! Ce n'est pas du tout normal qu'un prof hypnotise un élève pendant le cours de math.

— Je sais bien, répond Laurent. Mais à qui en parler? Monsieur David nous renverrait sans doute en riant.

— Ou ils nous mettrait à l'asile, ajoute Mélodie en secouant la tête.

— Et tes parents? Est-ce qu'ils te croiraient? demande Laurent.

— Non. Ma mère dirait que j'exagère encore, et je me ferais punir pour avoir raconté des mensonges à propos de mon professeur.

— Moi aussi, soupire Laurent. C'est complètement fou! On essaie de sauver la classe de la destruction totale par une espèce de détraquée, et personne ne va nous croire!

— Je pense qu'on doit s'en remettre à nous-mêmes, c'est la seule solution, dit Mélodie.

— J'espère seulement que nous allons être à la hauteur, dit Laurent.

— Moi aussi, dit doucement Mélodie.

Le lendemain matin, Laurent et Mélodie sont les premiers arrivés sous le grand chêne. Laurent sort un gros livre de son sac d'école.

— Regarde ce que j'ai pris à la bibliothèque hier soir, dit-il.

Il tend le livre à Mélodie : «*Tout sur les vampires et les sorcières.*»

— As-tu trouvé quelque chose? demande Mélodie.

— Je me suis couché tard! J'ai pris le temps de lire tout le chapitre sur les vampires. Et j'ai trouvé ce qu'il faut faire pour nous protéger de madame Lefroy si elle est une sorte de vampire, dit Laurent.

— Qu'est-ce qu'il faut donc faire? demande Mélodie en feuilletant le livre.

— Il y a certaines choses que les vampires ne peuvent pas suppporter, dit Laurent avec beaucoup d'autorité. D'abord, les croix.

Et il montre, cachée sous sa veste, une grosse croix d'or retenue par une chaînette.

— Ensuite l'ail. Ils détestent ça, poursuit Laurent.

Mélodie ouvre de grands yeux.

— As-tu aussi apporté de l'ail?

— Je n'en ai pas trouvé à la maison, alors j'ai pris ceci.

Laurent lui tend une petite bouteille en plastique sur laquelle on peut lire «sel d'ail».

— Et tu penses que ça va fonctionner? demande Mélodie.

— Ça vaut la peine d'essayer. Veux-tu venir avec moi? Nous allons en saupoudrer tout le tour de la classe, dit Laurent en récupérant ses affaires.

— Nous? glapit Mélodie. On devrait attendre les autres; ils pourraient nous aider.

— Non, si on attend trop longtemps, madame Lefroy risque d'arriver, dit Laurent avec impatience. Et si nous n'agissons pas aujourd'hui, elle pourrait bien transformer Paulo en grenouille, ou l'hypnotiser pour de bon!

— Tu as sans doute raison, dit Mélodie, pas très convaincue.

Paulo est loin d'être son grand ami, mais elle ne veut pas qu'il lui arrive quelque chose d'horrible.

Ils entrent dans l'école sur la pointe des pieds et retiennent leur souffle en ouvrant la porte de la classe.

— Ouf, elle n'est pas encore là! murmure Laurent.

Sans un mot de plus, il se met à saupoudrer du sel d'ail tout autour de la classe, en prenant soin d'en mettre un peu plus autour du pupitre de Paulo. Il vient de vider la petite bouteille lorsque la porte s'ouvre d'un coup. Madame Lefroy entre dans la classe.

— Bonjour, les enfants! dit-elle avec un grand sourire. C'est toute une surprise. Qu'est-ce que vous faites ici si tôt?

Laurent glisse en douce la bouteille dans sa poche.

— Nous avons pensé que vous pouviez avoir besoin d'un coup de main, dit-il.

— Oui, nous voulions vous aider à ramasser les papiers, à replacer les livres de la bibliothèque. . . ajoute vivement Mélodie.

— C'est très gentil à vous. Commençons tout de suite, répond madame Lefroy en caressant doucement sa broche.

Soulagés, Mélodie et Laurent échangent un regard, et ils se mettent au travail.

Atchoum!

Dès que Paulo fait son entrée, les problèmes commencent.

— Ça pue! crie-t-il. Qui a mangé des spaghettis pour déjeuner?

Laurent et Mélodie lui font signe de se taire, mais il les ignore totalement. Il sautille au fond de la classe et vide le contenu de son sac d'école. Une vingtaine d'avions de papier atterrissent sur le

plancher. Paulo vise chacun des élèves à mesure qu'ils entrent dans la classe. Les avions de papier tournoient dans tous les sens et tombent par terre.

Madame Lefroy est trop occupée à se moucher pour remarquer les avions de Paulo. Et comme tous les enfants comprennent vite son stratagème, ils ramassent les avions, les chiffonnent et vont les jeter dans la corbeille à papier.

— Qu'est-ce que vous faites? crie Paulo.

Plusieurs enfants le regardent en faisant : «Chut!»

Ils vont tous s'asseoir bien droits à leur place et prêtent attention à madame Lefroy. Sauf Paulo! Il prend tous les livres de la bibliothèque et les lance par terre. Il n'a pas remarqué que madame Lefroy est prise d'une terrible crise d'éternuements.

— Atchoum! Atchoum! At-t-t-choum! fait-elle. Excusez-moi! Il y a quelque chose qui me fait. . .éter. . .Atchoum! . . .nuer!

Madame Lefroy sort un mouchoir de son tiroir et se mouche. Elle a les yeux rouges, remplis de larmes.

— Quand j'ai des allergies, ma mère fait le grand ménage. Elle dit que c'est dû à la poussière et au poil de chat. Voulez-vous que j'aille chercher le concierge? demande Lisa en agitant la main.

Mélodie se penche vers elle et la pince. Mais elle se rassoit bien vite quand elle s'aperçoit que madame Lefroy la regarde.

— Atchoum! fait cette dernière en secouant la tête. Ce ne sera pas nécessaire, Lisa. Je crois que je sais ce qui me fait éternuer. Ça ne peut être qu'une seule chose. Et je me demande bien comment il se fait qu'il y ait de l'ail dans la classe.

Laurent retient son souffle pendant que Mélodie se met à fouiller dans son pupitre. Ni l'un ni l'autre ne remarquent à quel point le reflet vert s'est accentué dans le regard de madame Lefroy.

Pendant ce temps, Paulo a cessé de lancer les livres par terre. Il regarde madame Lefroy se moucher encore une fois. Cette histoire d'allergie dérange son plan. Il ne croit pas que madame Lefroy puisse le voir à travers tous ses mouchoirs.

Paulo marche sur les livres et se dirige vers son pupitre. Il tire au passage quelques tresses et pince une ou deux oreilles. Il prend le temps de s'étirer et pousse un long bâillement avant de se laisser tomber sur son pupitre.

— Alors vous êtes malade? crie-t-il. On ne doit pas venir à l'école quand on est malade. Vous allez nous contaminer avec vos microbes!

Laurent se cache les yeux derrière sa main et Lisa a le souffle coupé. Madame Lefroy fait comme si de rien n'était. Elle se retourne et commence à écrire au tableau le travail de la matinée. Elle doit s'arrêter souvent pour se moucher, mais elle finit par remplir le tableau et tout le monde se met au travail.

Paulo regarde les autres avec dédain. La classe est si tranquille qu'on peut entendre le bruit des crayons sur le papier. Tout ce qu'on entend d'autre, ce sont les reniflements de madame Lefroy.

Quand arrive l'heure du dîner, Paulo a eu le temps d'aiguiser tous ses crayons, certains jusqu'au bout. Il a vidé tout le contenu de son pupitre sur le plancher et, à coups de pied, l'a propulsé un peu partout à travers la classe. Il a chanté, il a sifflé et il a roté jusqu'à ce que la bouche lui fasse mal. Mais madame Lefroy était trop occupée à se moucher pour le remarquer. En suivant les autres à la cafétéria, il fait travailler son cerveau deux fois plus fort que d'habitude en espérant trouver «la» façon de faire sortir madame Lefroy de ses gonds.

Paulo prend son plateau et vient s'asseoir à côté de Laurent et de Mélodie.

— Qu'est-ce qui se passe? Ne me faites pas croire que vous voulez devenir de super élèves! J'ai passé la matinée à essayer de la faire devenir folle. Personne ne m'a beaucoup aidé! dit-il.

Mélodie secoue tristement la tête.

— Paulo, il n'y a vraiment rien qui entre dans ta grosse tête? Madame Lefroy n'est pas un prof comme les autres. C'est une sorte de vampire, ou une sorcière. Si tu ne fais pas attention, elle pourrait te transformer en grenouille.

— Tu regardes trop la télé, dit Paulo avec un rire hystérique. Les vampires, ça n'existe pas! Les sorcières non plus!

— Alors explique-moi pourquoi madame Lefroy ne peut supporter l'ail que j'ai saupoudré tout autour de la classe? demande Laurent. Selon le livre que j'ai pris à la bibliothèque, les vampires ne peuvent pas supporter l'ail.

— Moi, j'ai horreur de l'ail et je ne suis pas un vampire! Ton truc, ça ne prouve rien! réplique Paulo. Mais il y a une chose dont je suis certain : ce prof-là doit partir. Elle a réussi à nous faire faire le ménage de la classe, à nous faire faire tous nos travaux, et à nous transformer en enfants modèles! Avant longtemps, elle va réussir à nous apprendre quelque chose! Il faut agir, et vite! Et si vous ne voulez pas m'aider, je vais m'en occuper moi-même!

Sur ces paroles, Paulo prend son plateau et sort en coup de vent.

Mélodie secoue la tête en repoussant son plateau.

— Je n'ai plus très faim, gémit-elle.

— Moi non plus, dit Laurent. Mais j'ai peur!

Ça suffit!

Paulo entre dans la classe en courant, prêt à déranger encore plus qu'à son habitude. Il fonce dans le concierge qui sort à l'instant.

— Je vous remercie d'avoir balayé, monsieur Roger. Je suis certaine que je vais me sentir mieux maintenant, dit madame Lefroy.

Mélodie et Laurent échangent un regard inquiet et vont prendre leur place. Laurent se penche vers Paulo.

— J'ai quelque chose à te dire, dit-il à voix basse.

— Tu me déranges! Je me prépare à bombarder madame Lefroy à la boulette!

— Mais tu ne peux pas! souffle Laurent. Il n'y a plus d'ail et madame Lefroy se sent déjà mieux!

C'est vrai. Madame Lefroy ne se mouche plus, elle n'éternue pas non plus. Elle a encore le nez légèrement rouge, mais ses yeux verts ont repris leur apparence normale. Cependant Paulo est bien trop tenté de l'embêter pour s'en rendre compte.

Il place un morceau de papier dans sa bouche et le mastique jusqu'à ce qu'il devienne suffisamment gluant. Avec sa langue, il en fait une boulette. Puis, en prenant bien le temps de viser, il tire.

Sploutch! La boulette atterrit au beau milieu du pupitre de madame Lefroy.

— Bingo! crie Paulo.

D'un geste lent, madame Lefroy repousse la boulette de papier. Ses yeux verts brillent au moment où elle se lève. Elle va ouvrir la bouche quand . . . sploutch! Une autre boulette passe à côté de sa joue et va s'écraser sur le tableau.

Paulo sourit comme s'il venait de remporter la Coupe du monde! Il se penche vers Laurent pour se vanter :

— Tu vois! C'est une lavette! Elle ne dit rien.

Laurent ne répond pas. Il est trop occupé à guetter la réaction de madame Lefroy. Toute la classe est d'un calme effarant. Mais, quand madame Lefroy se met à parler de sa voix basse, on dirait le grondement du tonnerre.

— Ça suffit! J'en ai assez!

Ses yeux verts lancent des éclairs, sa broche brille intensément lorsqu'elle s'approche de Paulo. La main tremblante, elle le prend par le bras.

— Suis-moi! ordonne-t-elle.

— Excusez-m. . . m. . . moi, madame L. . .l. . .lefroy, bredouille Paulo. Je ne le ferai plus jamais.

Elle force Paulo à se lever.

— Je tiens à avoir une petite conversation avec toi à l'instant même, dans le corridor, dit-elle, très calme.

Tous les élèves observent, dans le plus profond silence, leur ami Paulo sortir de la classe. La porte se referme en claquant.

— Qu'est-ce qu'elle va lui faire? souffle Mélodie.

— Je ne sais pas, dit Laurent. Heureusement que ce n'est pas moi!

Tous les enfants hochent lentement la tête. L'un après l'autre, ils se mettent à ramasser tout ce qui traîne sur le plancher. Ils nettoient les tableaux. Puis ils retournent s'asseoir à leur pupitre et terminent leurs travaux.

Ils n'osent lever les yeux que lorsque la porte s'entrouvre. Madame Lefroy a repris son aspect normal, mais Paulo est blanc comme un linge.

Sous le grand chêne, un peu plus tard, Mélodie prend la parole.

— Qu'est-ce qu'elle t'a fait, Paulo?

— Ce devait être horrible! s'exclame Laurent. Tu n'as pas dit un mot depuis!

Paulo secoue la tête, mais n'ouvre pas la bouche.

— Tu peux nous le dire, dit Lisa. Est-ce que tu as vu ses crocs? Est-ce qu'elle t'a mordu dans le cou?

— Arrête de dire des idioties, coupe Laurent. Elle ne l'a pas mordu. . . non?

Tous les yeux se tournent vers Paulo. Avec un grand frisson, il se met à parler, mais difficilement.

— Je n'ai qu'une chose à dire. Vous aviez tous raison. Madame Lefroy n'est pas un prof comme les autres.

— C'est un vampire? insiste Lisa.

Laurent prend Paulo par le bras.

— Allez! Tu peux tout nous dire!

Mais Paulo refuse d'en dire plus.

— En tout cas, je peux vous jurer que je ne la fâcherai plus jamais.

Paulo a tenu sa promesse jusqu'à la fin de l'année. Et de fait, personne parmi les élèves de troisième année n'a osé faire enrager madame Lefroy. Sa broche verte n'a plus jamais brillé comme auparavant, bien qu'elle ait continué à la porter tous les jours.

Le dernier jour de classe, les enfants se rencontrent une fois de plus sous le grand chêne.

— Je ne peux pas le croire! L'année est finie! dit Lisa.

— Je ne peux pas croire qu'on ait réussi à passer au travers, gémit Paulo.

— Mais vous savez, dit Mélodie, madame Lefroy n'était pas un si mauvais prof.

— Elle n'est pas si bizarre non plus, ajoute Laurent.

— Je ne peux pas croire que nous ayions pensé qu'elle était un vampire, dit Mélodie en riant.

— Après tout, dit Lisa, les vampires ne portent pas de robe à pois!